AF363813

27 Mars 1903

V

VENTE
du Vendredi 27 Mars 1903
HOTEL DROUOT, SALLE N° 10
à deux heures

Exposition publique, le Jeudi 26 Mars 1903
de 1 h. 1|2 à 5 h. 1|2

PORCELAINES

ET

FAIENCES

OBJETS DE VITRINE

COMMISSAIRE-PRISEUR

Me PAUL LEMOINE

91, rue Lafayette

EXPERTS

MM. PAULME et B. LASQUIN FILS

10, rue Chauchat | 12, rue Laffitte

CATALOGUE

DE

PORCELAINES

ET FAIENCES

DE

SÈVRES, SCEAUX, SAINT-CLOUD, TOURNAY, SAXE, BERLIN,
VIENNE, ZURICH, GINORI, NAPLES, MILAN,
VENISE, CHINE, JAPON, MARSEILLE, MOUSTIERS, STRASBOURG,
ROUEN, DELFT, NEVERS, PERSE.

Deux Assiettes décorées par HUBERT ROBERT

BELLE JARDINIÈRE EN LAQUE ORNÉE DE FLEURS EN PORCELAINE DE SAXE
DU TEMPS DE LOUIS XV

PENDULE LOUIS XVI, en biscuit, ornée de bronzes dorés et ciselé

Un Bureau Louis XVI, en marqueterie

OBJETS DIVERS

APPARTENANT A Mme D*** ET A DIVERS

DONT LA VENTE AURA LIEU, A PARIS

HOTEL DROUOT, SALLE N° 10

LE VENDREDI 27 MARS 1903

à deux heures

COMMISSAIRE-PRISEUR	EXPERTS
Me PAUL LEMOINE	MM. PAULME et LASQUIN FILS
	10, rue Chauchat | 12, rue Laffitte
91, rue Lafayette, 91	Téléph. 259-63 | Téléph. 517-74

Chez lesquels on délivre le Catalogue

EXPOSITION PUBLIQUE, SALLE N° 10

Le Jeudi 26 Mars 1903, de 1 heure 1/2 à 5 heures 1/2

CONDITIONS DE LA VENTE

La vente sera faite au comptant.

Les acquéreurs payeront *dix pour cent* en sus des prix d'adjudication.

L'exposition mettant le public à même de se rendre compte de l'état et de la nature des objets, il ne sera admis aucune réclamation une fois l'adjudication prononcée.

Paris — Imp. de l'Art, E. Moreau et Cie. 41, rue de la Victoire.

DÉSIGNATION

Objets appartenant à Mme D...

PORCELAINES FRANÇAISES
DE SÈVRES ET AUTRES

1 — Deux fonds d'assiettes, peintes par Hubert
Robert : l'une, représentant un intérieur de
cellule avec un prisonnier assis et lisant à la
lueur d'une bougie ; l'autre, un paysage avec
figures. *Signées.*

Diamètre, 18 cent.

2 — Théière en porcelaine de Sèvres, pâte
dure.

3 — Deux petits vases en porcelaine dorée.

4 — Tasse couverte avec sa soucoupe en porcelaine, genre Sèvres, pâte tendre.

5 — Plateau avec sa cuvette en ancienne faïence de Sceaux ; décor médaillons, jeune femme et amour ; le fond de la cuvette est décoré des attributs de l'amour sur fond marbré.

6 — Pot à eau avec sa cuvette en ancienne porcelaine ; décor à sujets d'enfants dans des médaillons en grisaille, lambrequins dorés et guirlandes de fleurs.

7 — Pot à eau en porcelaine Barbeau.

8 — Beurrier en porcelaine Barbeau.

9 — Sucrier avec son couvercle en porcelaine à la Reine.

10 — Tasse et soucoupe en porcelaine de Sèvres. Époque Louis-Philippe.

11 — Quatorze assiettes en porcelaine.

PORCELAINES DE SAXE
DE LA CHINE ET DU JAPON

12 — Saucière en porcelaine de Saxe; les anses coupées sont remplacées par une monture en argent.

13 — Deux groupes de deux personnages en ancienne porcelaine de Saxe, avec socles en bronze.

14 — Petite coupe, formée d'une soucoupe, en ancienne porcelaine de Saxe; monture en bronze.

15 — Soucoupe en ancienne porcelaine de Saxe.

16 — Deux figurines en porcelaine de Saxe.

17 — Petit vase à deux anses en porcelaine de Saxe.

18 — Petit compotier, en forme de feuille, en porcelaine de Saxe.

19 — Plat en porcelaine de Chine, de forme octogonale, de la famille verte, décoré au centre d'arbres fleuris et d'oiseaux.

20 — Boîte à thé en porcelaine de Chine, à décor d'oiseaux et de fleurs.

21 — Tasse et soucoupe en porcelaine de Chine.

22 — Vingt-cinq plats et assiettes en ancienne porcelaine de Chine et du Japon.

23 — Plat en porcelaine du Japon.

FAIENCES ET BISCUITS

24 — Deux grandes potiches en ancienne faïence de Delft.

25 — Petite potiche en ancienne faïence de Delft.

26 — Deux jardinières porte-bouquets en ancienne faïence de Nevers.

27 — Porte-huilier en faïence de Strasbourg.

28 — Potiche en faïence.

29 — Statuette de jeune femme, donnant la becquée à des oiseaux, en biscuit.

30 — Petit groupe en biscuit, formé de deux enfants.

31 — Groupe en biscuit de trois enfants.

32 — Biscuit : enfant et chien, monture en bronze
doré.

OBJETS DIVERS

33 — Pendule Louis XVI en biscuit, monture
en bronze doré, avec bas-relief à motif d'enfants en bronze doré.

34 — Caisse à fleurs, en forme de losange, en
laque, monture en bronze doré du temps de
Louis XV, à deux anses, ornée d'un bouquet
de douze fleurs en ancienne porcelaine de
Saxe.

35 — Coffret en cristal, garniture en bronze doré.

36 — Fixé sous verre, genre de Demarne.

37 — Petite gouache Louis XV, portrait de
femme.

38 — Deux petites statuettes en terre de pipe,
décor polychrome.

Objets appartenant à divers

PORCELAINES DE SÈVRES
ET AUTRES

39 — Deux assiettes en ancienne porcelaine de Sèvres, pâte tendre, à décor de bouquets de fleurs.

40 — Petit sucrier couvert en ancienne porcelaine de Sèvres, pâte tendre, décoré de bouquets de fleurs.

41 — Petit pot à crème en ancienne porcelaine de Sèvres, pâte tendre, à décor de bouquets de fleurs.

42 — Plat rond en ancienne porcelaine tendre de Tournay, décoré au centre d'un bouquet de fleurs et au marli de guirlandes de feuillages attachées par des nœuds de rubans, en camaïeu bleu.

43 — Quatre socles-supports en porcelaine, à fond gros bleu et filets dorés.

44 — Deux petits coquetiers en émail, décorés
de fleurettes sur fond bleu.

45 — Un pot-pourri, fleurs en relief, bleu et rose,
en porcelaine de Saint-Cloud.

PORCELAINES DE SAXE
ALLEMANDES ET ITALIENNES

46 — Une soupière et son plateau en ancienne
porcelaine de Saxe au point.

47 — Un plat long, simulant la vannerie, en ancienne porcelaine de Saxe, à décor de médaillons avec paysages, bouquets de fleurs et insectes.

48 — Un plat rond gauffré en ancienne porcelaine de Saxe, décoré de bouquets de fleurs.

49 — Six assiettes en ancienne porcelaine de
Saxe, décorées au centre de médaillons à
personnages dans un paysage, fleurettes et
insectes. Marli imitant la vannerie.

5o — Petit vase en ancienne porcelaine de Saxe,
à guirlandes de fleurs ; couvercle, oiseau.

51 — Une figurine en ancienne porcelaine de
Saxe : l'Hiver.

52 — Une figurine de berger en ancienne porcelaine de Saxe.

53 — Deux petits plats ronds en ancienne porcelaine de Saxe, décor à bouquets de fleurs.
Époque Marcolini.

54 — Trois plats ronds en ancienne porcelaine
de Saxe, décor à bouquets de fleurs. Époque
de Marcolini.

55 — Femme assise dans un fauteuil, près d'une
table, avec un rouet. Porcelaine genre Saxe.

56 — Deux vases, en forme de balustres, décorés
d'amours et fleurs en reliefs. Saxe.

57 — Une figurine : la Muse Euterpe, en porcelaine de Berlin.

58 — Un groupe : trois personnages, en porcelaine de Vienne.

59 — Statuette de sultane en porcelaine de
Vienne.

60 — Quatre petits bustes. Porcelaine de Zurich.

61 — Deux soupières et leurs plats ; décor à fleurs, en porcelaine de Ginori.

62 — Deux statuettes : homme et femme, en porcelaine, pâte tendre de Naples.

63 — Deux vases à médaillons : sujets mythologiques, faïence de Naples.

64 — Une paire de flambeaux formés par des Égyptiennes, pâte tendre de Naples.

65 — Douze tasses et leurs soucoupes en faïence de Milan.

66 — Vase à couvercle, à décor chinois, porcelaine de Venise.

67 — Un petit baril avec personnages, porcelaine de Venise.

68 — Une statuette de femme avec enfants, sur un socle circulaire enguirlandé, en porcelaine de Venise.

69 — Statuette de femme drapée à l'antique, reposant sur une sphère.

70 — Trois statuettes en biscuit.

71 — Deux groupes en biscuit.

72 — Un vase boule de neige, bleu, avec oiseaux.

73 — Deux figurines en porcelaine : Jupiter et Junon, sur base rocaille.

74 — Trois pièces : oiseaux et volatilles, pâte tendre.

PORCELAINES DE LA CHINE
ET DU JAPON

75 — Petite théière, avec un présentoir, en ancienne porcelaine de Chine, décorés de fleurs et d'ornements en couleurs sur fond noir. Tous deux reposent sur des branchages en relief décorés au naturel formant pieds.

76 — Soupière, de forme oblongue, à pans coupés, avec son couvercle et son plateau, en ancienne porcelaine de Chine de la Compagnie des Indes.

77 — Assiette creuse en ancienne porcelaine mince de Chine, décorée au centre d'un sujet familier composé de trois personnages avec un chien. Le marli entièrement décoré d'un quadrillage avec quatre réserves ornées de fleurs.

78 — Assiette en ancienne porcelaine de Chine, décorée au centre d'un sujet familier à fond de paysage; marli avec compartiments à oiseaux et paysages.

79 — Assiette creuse en ancienne porcelaine de Chine, de la famille rose, décorée de fleurs, d'arbustes et d'oiseaux.

80 — Petit plat creux, de forme ronde, en ancienne porcelaine mince de Chine, décorée au centre d'un sujet familier; bordure à fond d'or.

81 — Deux petits plats creux, de forme ronde, en émail peint de la Chine, décorés au centre d'un sujet familier dans un paysage. Bordures intérieures et extérieures en arabesques.

82 — Vingt-quatre tasses et soucoupes assorties en ancienne porcelaine de Chine, à décor varié. (Sera divisé.)

83 — Compotier en ancien céladon craquelé de Chine.

84 — Deux petites tasses et trois soucoupes en ancienne porcelaine de Chine, dépareillées.

85 — Deux tasses et soucoupes en ancienne porcelaine de Chine, de la famille verte.

86 — Tasse couverte, avec son présentoir, en porcelaine du Japon, décorée en bleu avec une inscription française : « *L'Empire de la vertu est étably jusqu'au bout de l'univers.* »

87 — Deux assiettes en ancienne porcelaine du Japon, décorées au centre de deux personnages dans un paysage ; le marli, avec compartiments ornés d'arbustes en fleurs.

88 — Tasse et présentoir en ancienne porcelaine du Japon, à décor bleu.

FAIENCES DIVERSES
MEUBLE ET OBJETS DIVERS

89 — Petit bureau, de forme dos d'âne, en marqueterie ; sur l'abattant, les attributs de l'Amour. Époque Louis XVI.

90 — Deux assiettes, de forme décagonale, en ancienne faïence de Moustiers, à décor grotesque, en camaïeu bleu.

91 — Petit plateau en faïence de Castelli, décoré au centre d'une composition allégorique de quatre personnages. Le marli est orné d'un rinceau de feuillages.

92 — Petit plateau en faïence de Castelli, décoré au centre d'une allégorie de la Justice,
figurée par une femme assise et deux enfants.
Au marli, mascarons et enfants dans des
feuillages.

93 — Petit plateau rond en faïence de Castelli,
décoré au fond d'un paysage avec cours
d'eau et cascade. Au marli, mascarons et
enfants dans des feuillages.

94 — Petit plateau rond en faïence de Castelli,
décoré au fond d'un paysage avec petits
personnages. Au marli, mascaron et rinceaux
de feuillages.

95 — Tasse et soucoupe en ancienne faïence de
Marseille.

96 — Jardinière porte-bouquets en ancienne
faïence de Strasbourg.

97 — Verseuse en ancienne faïence de Strasbourg.

98 — Un porte-huilier en ancienne faïence de
Moustiers, décoré de fleurettes en camaïeu.

99 — Dix tasses et leurs soucoupes en ancienne
faïence de Perse.

100 — Quatre plats en faïence de Rouen et
Strasbourg. (Sera divisé.)

101 — Un encrier en nacre, monté en bronze.
Époque Empire.

102 — Un petit encrier nacre. Époque Empire.

103 — Une ménagère avec son plateau, en cristal
taillé, montée en bronze doré. Époque Empire.

104 — Trois petits souliers.

105 — Un pistolet.

106 — Trois plats en faïences, genre Palissy.

107 — Plat en faïence, soles et anguille en relief.

108 — Deux poissons en faïence moderne.

109 — Un ravier forme poisson.

110 — Un éléphant en bronze.

111 — Bouquets de fleurs en mosaïque.

112 — Une pendule de voyage.

113 — Un porte-montre.

114 — Un réveil.

115 — Un microscope.

116 — Un cadran solaire.

117 — Un sécateur.